토르소

J.H CLASSIC 081

토르소

김순선 시집

지혜

시인의 말

요즘

코로나로

마스크를 단단히 써

얼굴을 반쯤 가리지만

아는 사람은 서로 알아본다

손짓

걸음걸이

그리고

그 눈웃음으로

2021년

김순선

차례

1부

2부

3부

4부

• 일러두기
  페이지의 첫줄이 연과 연 사이의 띄어쓰기 줄에 해당할 경우 > 로 표시합니다.

1부

이데아

계수나무 향기에서
앞서가며 보내오는 자동차 깜빡이에서
바깥을 높게 올린 굽은 길에서
유모차를 탄 눈망울에서
카페 라테 위 하얀 하트에서
부드럽게 갈아놓은 테이블 모서리에서
푸른빛을 돋보이게 하는 신호등 갓에서
건널목 찌그러진 차선에서
나는 너를 만난다

오름차순

뺑소니

덜컹!

브레이크를 급히 밟는다

차가 미끄러진다

타이어 타는 냄새가 물씬 난다

이크, 이런 이를 어쩌나?

재빨리 머리를 굴린다

멈춰, 말아

에라! 죽은 자는 죽은 자더러

손바닥으로 입을 가리고 액셀을 밟는다

희미한 가로등 불빛

우회전을 하자마자

속도를 정상으로 죽이고

미등을 다시 켠다

아스팔트에 고인 빗물을 골라 밟아

타이어를 씻는다

그렇게 또 하나의 나를 덜어낸다

전자저울

0에서 5로
5에서 0으로
두 다리에 몸무게를 고루 나누고
숨조차 죽여도
맥박 때문인지
소수점 둘째 자리가 자꾸 바뀐다
갈대라는 건지
풀잎이라는 건지

원심분리

발끝으로 바닥을 밀며
회전의자를 천천히 돌린다

형광등이 돌고
천정이 돌고
건물이 돌고
하늘이 돈다

신발로 바닥을 끌며
속도를 줄인다

사물이 제 자리를 잡고
색깔을 되찾는다
구심력이 되살아나고
지구가 중심을 잡는다

반도체

성주산과 받은 편지
금강과 오늘의 업무
테니스와 공지사항
배나무와 공식문서
수박과 자유게시판
배수로와 기안문
반송盤松과 반송返送
다슬기와 첨부물
스트로크와 예산통제
까만 씨앗과 시행날짜

무엇을 걸러내고
무엇을 통과시킬 것인가?
난류가 일어난다

엔트로피

녹슬고 있다
불타고 있다
빛나고 있다
열이 나고 있다
증발하고 있다
닳고 있다
뭉그러지고 있다
금 가고 있다
깎이고 있다
썰리고 있다
부서지고 있다
꺾이고 있다
마르고 있다
끓고 있다
흐려지고 있다
흩어지고 있다
들뜨고 있다
부딪히고 있다
떨고 있다
흔들리고 있다
퍼지고 있다
스며들고 있다

손가락 총

쏜다
가로수나 벽 모서리 뒤에 숨어
지나가는 차를 향해
반짝이는 간판을 향해
비행기를 향해
집게손가락을 슬쩍 들어 올려
반동의 충격을 흘린다
가는 속도를 계산해
목표물 앞으로 쏘고는
턱을 든 채
오른손을 호주머니에 찔러넣는다
죽는 게 하나 없지만
적어도 죽이고자 하는 마음은
죽이지 않았나
그리 생각하며
왼손으로 앞머리를 쓰다듬는다

빛을 바꾸다

실눈이 떠진다
눌러놓았던 생각이 기화하고
부담 없이 냄새를 풍긴다
전화를 다시 걸
핑곗거리를 쉬 찾는다
할 말을 속으로 삭일 여유를 얻는다
거절이나
깔봄쯤이야
손금을 비추는 햇살만 할까
햇빛이 액화되어
눈주름을 타고 번진다
이파리를 건드리는 바람이
이마에 스친다
하루 한두 번
두꺼운 유리문을 열고 밖으로 나선다
형광 불빛에서 자연광으로 바꾼다

정자미인 精子微人

햇살 볼록렌즈가 뚫어놓은 구멍
반짝이는 햇빛 귀걸이
신발을 벗고 허리를 구부려
엽록소가 말라붙은 잎 속으로 들어간다
잎 둘레를 한 바퀴 돌며
실바람이 들락거리는 기공 사이로
파란 하늘과 이미 떨어진 낙엽을 내다보고
물기 빠진 잎맥에 걸터앉아
귓가에 서걱거리는 바람소리 듣는다
시린 귀가 시간의 흐름을 일러준다
붉은 벽에 손끝을 닳아가며
써놓은 검붉은 글씨를 읽고는
잎을 열고 나가지 못한다
기우뚱 잎이 크게 흔들리더니
나를 모서리에 몰아놓고
땅바닥으로 침몰한다
낙엽 알라딘 램프에서 빠져나온 나는
누구의 소원을 위해
이 몸의 세포를 산화시켜야 하나
햇살 고물을 넣고 오므라드는 낙엽

해골*

가슴팍에
등에
엉덩이에
어깨에 많기도 많다
표정도 다양하다
죽음을
반짝이로
노리개로 붙이고
거리를 활보하는 젊음이
못내 부럽지만
눈 맑은 저들이 들을지 모르겠다
뻥 뚫린 눈으로
이빨을 부딪혀가며
턱턱턱 찍어내는 말을

ㄴㅏㄷㅗㅎㅏㄴㄸㅐ
ㄴㅓㅇㅕㅆㅇㅓㅆㄱㅗ
ㄴㅓㄸㅗㅎㅏㄴ
ㅈㅣㄱㅡㅁㅇㅡㅣㄴㅐㄱㅏ
ㄷㅗㅣㄹㄱㅓㅅㅇㅣㄷㅏ

* 화가 Damien Hirst의 작품 〈I Once Was What You Are, You Will Be What I
  Am〉(2007).

담배

숨관을 타고 올라와
허공에
흩어지기 전
가슴속 꿍치고 있던
말이 되지 못한 생각
해야 했던 말이
하얀 연기로
그 모습을 잠깐 보여주다
차창 틈으로 빨려 나간다
가늘고 높은 비명을 지르며

경영

나눔경영

상생경영

품질경영

지식경영

맞춤경영

감동경영

도덕경영

창조경영

요즘엔

양심경영

건강검진

현미경으로 들여다봐도
초음파를 쏘고
X선으로 찍고
심전도를 측정해도

몸속 어디에
무얼 꼬불쳤는지
그걸 꺼내
어디다 쓸지

피를 뽑고
혈압을 재고
목구멍을 벌리고
내시경으로 들여다봐도

꿍꿍이속이 무언지
메뚜기가 어디로 뛸지
모른다

* 괴테의 『파우스트』에서 메피스토펠레스는 인간을 메뚜기에 비유한다.

원자 原子

무엇을 바라
수많은 길은 놔두고
이 몸에 이르러 짐을 풀고
눈과 입을 이루고
빛을 담고
말을 만들고
짜증을 참으며
쉬 갈아타지 않고
데모를 미루며
미소조차 짓고
고분고분 따르는 걸까?
흩어지는 그 날까지
함께 하고자 하는 걸까?
난, 오직
나만을 위해
오늘 하루를 살아갈 뿐인데

우주탐사선

1997년 7월 4일
마스 패스파인더Mars Pathfinder 호
화성에 도착했다

먼지가 풀썩 일었을 뿐
아무도 환영 나오지 않았다

다행히
로봇 차량 소저노Sojourner
전동모터가 움직였다

전자가 움직였다
지구에서와 똑같이

프랑켄슈타인

비눗물이 수챗구멍으로 빨려든다
오른쪽으로 돌며
중심으로 갈수록
소용돌이가 점차 빨라진다
시선이, 머리가
몸뚱어리가 빨려든다
마침내
나를 통째로 마시곤 트림을 한다
구멍 안쪽
뼈에 바를 살을 먼저 얻기 위해
앞서 빨려든 이들과
어깨싸움하며
수렁에 걸려들 누군가를 숨죽여 기다린다
어둠 속 번뜩이는 눈동자
인기척이 없을 때
무지개가 일그러지는 비눗방울이 되어
구멍 밖으로
몸을 쓱 부풀린다
더덕더덕 살가죽을 기워 입은 몸
실로 꿰맨 자리가 근지럽다
이번엔 당신 차례다

2부

전파 1

얼마나 더 떨어야
가볍게 날아갈까
하늘소 더듬이 곧추세우게
소리 없는 소리를 날린다

어둠을 뚫고 보는 적외선보다
땅속에서 들을 수 있는 지진파보다
강한 주파수 날린다
귀머거리에게도 들릴

아니, 혹 그 누가
가청 주파수 밖 높은 진동수
보내오고 있지는 않았을까
오늘따라 코끝이 찡한 게

주파수 폭 넓혀 놓으면
그동안 놓친
이슬 같은 목소리
거미줄에 걸려 물방울로 듣는다

방전放電

덤으로 보내오는 전자메일에
얼버무리는 미소에
뜸 들이는 입술에
슬쩍 비껴가는 발길에
잡자마자 푸는 손길에
급한 일이 생겼다는 사과에
다음에 밥 한 번 먹자는 말에
슬그머니

틈틈이 주변을 살피는 눈길에
의자 뒤로 물러앉는 엉덩이에
만지작거리는 손가락에
중얼거리며 내쉬는 한숨에
서둘러 돌아서는 발길에
며칠째 열어보지 않는 메일에
내내 호주머니 속에 머무는 손에
남은 것마저

쿼크

깜박거립니다

꺼졌을 때
어둠 속을 싸다니며
노래하고 춤추며 떠듭니다
사람과 가까워집니다

켜졌을 때
환한 햇살 속을 산책하며
눅눅한 속을 말리고
자연과 사귑니다

나는 지금
아껴 쓴 어둠 때문에
조금씩 밝아지고 있습니다

어디선가 파동쳐 온 입자가
내 안에서
서서히 증폭되고 있습니다

중력 1

가까이 오면
공기가 춤을 춘다
빛이 휘어진다
먼지가 떠오른다
잠자리가 방향을 바꾸고
예수가 웃고
비가 멈췄다 떨어진다
미루나무는 팔랑거리고
눈빛은 너를 감싸고 날아간다
자동차가 조용히 지나가고
커피 향이 번진다
밥에서 단맛이 난다
글씨는 커지고
불안은 힘이 된다

약력弱力

맘이 뜨거워지고

눈은 빛이 나고

피는 빨라지고

입에 침이 고이고

세포는 달뜨고

말에는 힘이 생기고

손에는 땀이 나고

생각은 맑아지고

체온은 높아지고

호흡은 가빠지고

살갗은 부드러워지고

귀는 딱딱해지고

콧구멍이 벌어지고

발걸음은 가벼워지고

시간은 촘촘해지고

뇌에서는 스파이크가 일고

먼지 일던 땅에

봄비가 내린다

정자精子

다이빙한다
물장구친다
배영으로
평형으로

낯선 세포에 대한 호기심
쪽빛으로 살아난다

헤엄친다
무자맥질한다
자유형으로
접영으로

앞질러 간다
무수한 나를

소립자

솔밭에 가면 적송이 되고
강에 가면 물별이 되고
바다에 가면 몽돌이 되고
찬바람을 만나면 하얀 입김이 되고
너럭바위에 봄비가 내리면
품었던 색깔이 살아나고
태양에서 날아온 광자가
까만 문자에 난반사 되고
PC를 건드리면 0과 1이 되고
네가 건드리면 없다가도 있다

질소

네가 없으면
나를 이루는 세포도
없다고 생각하는 나도
다시 흙으로 돌아갈 것이다

네가 없다면
세상은 있지도 않았고
나는 흙먼지
아니, 그다음이다

전파 2

방파제용 시멘트 덩어리
들어 올리는 파도도
초속 40미터 바람도
미세먼지도
바이러스도
건드리지 못한다
너에게
날아가는 에너지를
속도를
그 출렁거림을
그치게 할 수 없다
나는 그 속에
상형문자를 새겨넣는다
네게만 해독될

파라볼라안테나

하얀 입김 사이로 날려 보낸 눈빛
아직 눈이 녹지 않은 북쪽
구봉산 경사면에 부딪혀 돌아온다
일주일 뒤에 다시 만날 걸
그때마다 넌 영이별이라는 듯
발끝을 세워 손을 흔들곤 하였지
그리 보내는 눈빛이
멀어질수록 당기는
용수철이 되는 줄 알았을까
이 행성 어디에서 햇볕을 쬐고 있다면
빛나던 순간을
말끔히 지우지 않았다면
너의 기억을 매질로 하여
떨리는 내 목소리 들을 수 있으리
우리는 서로
햇빛으로 연결되어 있으니
그냥
손끝으로 햇살을 퉁기기만 하면
지구를 감싼 공기를 타고
너울너울 건너올 터
옥상에 서서 시린 귀를 세운다

유효기간

광고모델과 10초

커피랑 30분

TV 드라마랑 1시간

아가위나무와 10년

하얀 강아지와 15년

아크릴 물감과 20년

자동차와 30년

테니스와 30년

그림자와 60년

사랑에 빠진다

그룹화(G)

무얼 바라
쉬 무르지 않고
갈아타지 않고
고분고분 나를
따르는 걸까

난, 오직
나 편하자고
내 몸 하나 보살피기 위해
잔머리를 굴려
낯선 환경을 재바르게 익힐 뿐인데

어쩌자고
나와 함께 묶여
끝까지 가고자 하는 걸까

관계를 계산하다

하나면 0

둘이면 1

셋이면 3

넷이면 6

$_nC_2 = n!/2(n-2)!$

백이면 4,950

천이면 499,500

South of Korea 육천만 명

이 지구 75억 명

하늘의 별

머릿속 뉴런

셀 수 없다

같을 수 없다

물릴 수 없다

다할 수 없다

뇌

발 디딜 곳
길의 기울기
흙의 미끄러움
솟아올라온 뿌리
지나가는 개미
오른발에서 넘겨받은 힘
계산하려
계산 값 그대로
딱 그 높이 만큼
무릎을 들어 올리느라
소리보다 빨리 움직인다
딴생각에 발을 헛디디지 않도록
뉴런이 뜨겁다
덕분에
동네 앞산 산책은
분주함 속에 고요하다

나무 사이로

나는 네가 없는 곳에 있다

너와 함께 있었던 곳에

너 없이 있다

실눈 뜨고

너와 함께 있던 나와 만나고 있다

어쩌면 나는 이리될 것을 이미 알고 있었는지도 모른다

너는 있다

내가 없는 곳에 있다

나와 다른 방식으로 나를 벗어나 있다

나 없이 있다

나는 네가 없는 시간에

너와 함께 했던 공간에 있다

시간이 공간과 함께 달라붙어 있지 않고

미끄러질 수 있다는 것을

네가 마시던 커피를 마시며 되뇐다

나는 지금

네가 없는 곳에

네가 있던 곳에

있다 기억에서 짜낸

너를 만나며

내가 했던 이야기를

네가 되어 듣는다

무언가 갈망했지만 이루지 못한 말들이

커피잔에 단층을 이루며 내려간다

나는 네가 없는 곳에

없는 시간에 있다

나는 네가

과거에 던져놓은 말들을

조금씩 옅어지는 그 눈빛을

지금 여기서 받아본다

너는 없는 방식으로

빛이 건드릴 수 없는 형태로

내 옆에 있다

말이 되지 못한 말들이

어떻게 자랐는지 바라보며

눈길을 허공에 두고

볼 수 없는 너를

바라보며 나는

남들이 보면 혼자인 것처럼

없는 너와 함께 있다

기억은 더디 사라질 거라고
유리컵 아래 고인 물로 탁자 위에 쓴다
나는 지금
네가 없는 곳에
너와 함께 있다

빛

볼 수 없는

느리게 날아가는

소란스러운

이파리에 선택받지 못한

무지개가 없는

너를 지날 때

아지랑이가 이는

감싸며 휘어지는

고래

하루 한 번
문자가 없다면
한 주 한 번
목소리를 듣지 못하면
적어도 한 달에 한 번
얼굴을 보지 못한다면
나는 그만,
숨이 막히고 말지
힘껏 허공에 분수를 높이 올려
무지개를 만들지 못한다면
꼬리지느러미에 힘이 빠져
차갑고 어두운 바닷속
더는 유유히 헤엄칠 수 없지

인사법

너는 무심코
"Bye-Bye"
"사요나라(さよなら)"
"안녕"
"잘 가"

나는 미소지으며
"See you again"
"마타네(またね)"
"짜이찌엔(再見)"
"또 봐"

3부

4

물, 불, 공기, 흙
아데닌, 구아닌, 사이토신, 타이민
원자, 전자, 중성자, 쿼크
중력, 전자기력, 약력, 강력

플라톤
바울
공자
니체

침묵할까
미소 지을까
하늘을 올려다볼까
한숨을 쉴까

이들과 달리
나는 지금 여기에 있다
나는 살펴볼 수 있지만
이들은 날 알 리 없다

중력 2

종종걸음이 보이고
돌멩이가 땅에 달라붙어 있고
축구 골대가 호치키스 알처럼
운동장에 박혀있다
느티나무 가지가
하늘에 뿌리내리고
까치가 잔가지에 매달려 있다
낙엽이 땅으로 하나둘 올라간다
어지러운 발자국들이
머리 주변으로 다가오고
처진 입꼬리가 올라가
미소가 된다
허리 운동을 위해
철봉에 거꾸로 매달려

안테나

등나무는 푸른 넌출이
애벌레는 꼼지락거리는 촉수가
여치는 긴 더듬이가
지의류는 바위를 파고드는 헛뿌리가
스마트 폰은 터치스크린이
나는
오늘을 돌아보는 거울이
뒤늦은 후회가 있다

대체재代替財

금이 간 타일
깨어진 보도블록
구겨진 블라인드
불이 나간 네온사인
금이 간 유리창
들어내고
나를 갈아 끼운다
두드러지지 않기를
어긋나지 않기를
버성기지 않기를
바뀌었는지도 모르길
눈 밖에 나지 않길

NWR*

보이지 않는 선
넘자마자
갑자기 나이가 늘어난다
한 이만 살쯤

내가 가져간
언어는 어리숙하다
호주머니 속
자동차 키와
스마트 폰은
내가 원시인이 아니라고 하지만
새소리는
그루터기에서 낮잠을 자는 뱀은
그러면 어떠냐고
공기를 흔들어 속삭인다

* NWR(National Wildlife Refuge) 미국 국립야생동식물보호지역.

제1연구동

대웅전에 들어선 기독교인처럼 행동거지가 조심스러워진다 눈빛을 잘게 부수어 방충망을 통과한다 발걸음을 옮길 때마다 전자파가 는개처럼 온몸을 감싼다 나갈 때도 신분증이 필요하다 생각까지야 어쩌지 못하겠지만 적어도 이곳에 머무는 시간은 모니터에 올려놓은 것은 채곡채곡 저장된다 때에 따라 돌려볼 수 있도록 호주머니에서 전자신분증을 꺼낸다 두 번째 문이다 정충의 섬모가 파르르 떤다

아파트에서 떨어진 IQ

3 x 15 ÷ 9.8
오 초면,
숙제는 더 이상
몸에 깃들지 못할 것이다
고추도 여물기 전
고등학교를 이 년 만에 마쳤다
배울수록
세상은 멀어져 갔다
나를 시샘하던 친구들
속으로 그들을 더 부러워한 줄 알았을까
내색 않는 내가 두려웠다
술래잡기에서 너무 멀리 숨어버린 나
아무도 찾으려 하지 않았다
나도,
전자오락으로 빨개진 눈알을 굴리며
밤늦게 들어와
눈치를 살피고 싶다
재수 학원 뒷골목에서
까치담배도 피우고
수업을 알리는 벨 소리

발바닥으로 비벼 끄고

하수구에 굵은 가래침도 뱉고 싶다

바닥에서 다시 시작할 순 없을까

십오 층 아파트

오 초면

몸에서 마음을 떼어낼 것이다

땅이 솟아 올라온다

이젠 공책 위에 비듬을 맘껏 털 수 있겠다

흙

어둡지만
뜨겁지 않다
차갑지 않다
공기가 없지 않다
물기가 없지 않다
소리가 안 들리지 않는다
딱딱하지 않다
뿌리가 파고든다
두더지가 기어다닌다
뱀이 겨울잠을 잔다
다람쥐가 도토리를 묻는다
눈에 덮힌다
돌을 껴안는다
마그마를 품고 있다
바다를 담고 있다
깃들어 살만하다

맥박

길게 늘어선 차량
깜빡이 주기가
조금씩 차이 난다

차종에 따른 것인지
원래 그런 건지
알 수 없지만
멀어지는 것도 같고
차차 가까워지는 것도 같다

얼마 만에 만나
몇 번이나
함께 깜박거리다
벌어지는지 세어본다

브레이크 페달을 밟은 채
내게 떨어질
신호를 기다리며

종료와 무시 사이

치명적인 오류가 발생했으니
시스템을 종료하거나 무시를 눌러 주시기 바랍니다

(뭘 잘못했다는 거지?)

종료를 눌러
나를 지우고 재부팅할까
아니면,
PC의 충고에 개의치 않고
무시를 눌러
남은 것마저 몽땅 날릴 각오로
지금까지 생각을 그대로 밀고 나갈까

작업 중간중간 저장한다
갑자기 사라지더라도
시작을 과거에서 지금으로
옮기기 위해

다른 이름으로 저장

\>

쓰고 누르자

뜬다

같은 이름이 존재합니다

덮어쓸까요?

화강암 속 숲

흔들리는 소나무
자신의 경계를 건드려본다
속이 겉인 나는
겉이 속인 화강암에
말굽자석에 쇳가루 끌리듯
얇은 손바닥을 갖다 댄다
돌 속을 수없이 맴돌던 맥박
뼈마디를 밟으며 걸어 들어와
몸을 차례차례 점령한다
온기는 포로가 되어
차가운 돌 속으로 호송된다
돌가루 먼지로 흩어지면
이 지구를 넉넉히 품고도 남을 공간을 움켜쥐고
햇살과 그늘이 번갈아드는 모서리
돌 속을 파고드는 지의류의 실뿌리를 간질이며
거친 살갗으로 하루 한 번
새순보다 가는 숨을 쉰다
화강암의 식민지가 된 나는
바람에 견딜 무게를 하사받은 나는
오돌토돌한 손바닥을 문지르며
석이버섯을 햇살 속에 꺼내보곤
유선형의 차에 올라 시동을 건다

제1주차장

시동을 끄고
두 눈을 감고 걸어본다

한 발
두 발
세 발 …

열 걸음쯤 이르자
땅이 흔들리고
공기가 끈적거리고
콘크리트 바닥이 물컹거리고
가로등이 휘어지고
등나무 넌출이 목을 감고
콩과 식물이 발목을 감고 기어오른다

멈춰 서서
두 눈을 크게 뜨자
몸속으로 빛이 흘러든다
햇빛을 주유한다

로또

연구원 신분증 번호
아파트 호수
출생연도
군번 앞자리
네 자리 숫자

차량번호를 본 날

호기롭게
24시간 편의점으로 들어가
아이스크림과 곁들여 산다

요즘엔
꽤나 신중해져
두 번 연거푸
보고 난 뒤에야
순서까지 맞아야
사러 간다

있어도 되는 1

나는 반신욕이다 나는 팔월의 낙엽이다 마시다 남은 종이컵
이다 나는 차창에 부딪는 날벌레다 뚜껑을 잃은 형광 펜이다 대
낮에 켜진 가로등이다 나는 일련번호 뒤의 숫자다 힘만 쓰는 일
단 기어다 변기 속에 고인 물이다 좌판의 개평이다 나는 허리 꺾
인 사이다 병뚜껑이다 충전이 필요한 휴대폰 배터리다 볼펜 끝
에 맺힌 똥이다 짝이 맞지 않는 젓가락이다 초점이 어긋난 빔 프
로젝트다

있어도 되는 2

    나는 지우개똥이다 볼이 빠진 볼펜이다 형광등 그림자다 복사기에 넣은 이면지다 끈기 잃은 포스트잇이다 몇 사람의 손을 거친 자동차다 나는 어쩌다 손끝이 가는 키보드의 'ㅋ'이다 창가의 전등이다 오후에 보는 조간신문이다 화장실 금이 간 타일이다 나는 볼펜 속 눌려있는 용수철이다 툭 뱉어낸 스테이플러 알이다 반올림에 버려진 소수점이다 나는 보고서의 오자다 도표의 비고란이다 분모와 분자 사이의 수평선이다

이중나선二重螺旋

이제 더는
키가 크지 않는다는
가속기에서 발을 떼
브레이크에 올려놓을 때라는
새 단어를 외우기보다 아는 단어를 즐겨 쓰라는
아이디어를 내기보다 실수를 줄이라는
새로운 눈빛을 찾기보다
낯익은 어깨를 다독거리라는
나와

스마트 폰으로
최신 유행곡을 골라 듣고
백화점을 층층이 둘러보고
에스컬레이터 위를 뛰어다니고
헬스클럽에서 뱃살을 빼고
인터넷을 기웃거려
삼삼한 미래를 엿볼 때라는
내가

서로 꼬여 있다

스마트 폰 1

퇴근하고 보니
없다
사무실에 두고 왔다 싶다
그 사이 무슨 메시지나
전화가 오랴 싶지만
그래도 내가 궁금하다
없어서 더욱 생각난다
출근해 살펴보니
없다
사무실 전화로
내 전화번호라고 외우고 있는 걸
누른다
열 번쯤 울리고 나서
졸리는 목소리가 들린다
'아, 내가 아니구나'
다시 누른다
누군가 받는다
그가 누구냐고 묻는다
어떨결에
"제가 아닌가 보네요"

"네?"

"아, 죄송합니다"

궁리 끝에

날 아는 사람에게 전화를 건다

내 번호를 물어볼 요량으로

맹지

이리 보고
저리 살펴도
다가갈 수 없다
밭을 건너면
도랑을 건너야 하고
논을 넘으면
가파른 언덕을 만난다
사람의 손을 안 타
뭇나무들이 숲을 이루고
못 들어 본 새소리가 골짜기를 울린다
저 안에
무엇이 자라고 있을까
어떤 향기가 맴돌고
무슨 벌레가 어지러이 날아다니는 걸까
두려움과 호기심이 파동친다

4부

노인들을 위한 나라는 있다

말귀를 알아듣는 TV
어디든 연결하는 인터넷
언제든 말을 걸 수 있는 스마트 폰
주문하자마자 배달되는 음식
쉬 오르내리는 엘리베이터
시속 백 킬로미터를 넘나드는 자동차
원하는 것을 깨닫게 하는 백화점
가고 싶은 곳을 미리 보여주는 PC
그러니, 누군들
여기를 떠나고 싶어 할까?

다슬기

사람으로 살아가는 동안
많이들 사랑하게나

자신이든
제 모습을 닮은 타인이든
한눈에 반한 이든
미운 정이 든 이든
혓바닥 까칠한 고양이든
개의치 말고

실패한 사랑에서 교훈을 얻어
지난 사랑에 복수하듯
악착같이 사랑들 하게나

그 사랑이
그대 몸을 살살 돌려가며
꺼내먹을
나의 일용할 양식이니

십자가

팔다리가 부러지고

배가 부풀어 오르고

콧구멍에 플라스틱 호스를 꼽고

머리털이 빠지고

이빨이 썩고

허리가 굽고

엉덩이가 처지고

눈곱이 끼고

입 냄새가 나고

걸음걸이가 벌어지고

가져간 걸 몽땅 잃고

눈치를 살살 살피니

나라도 그럴밖에

웃음을 잃을밖에

날파리

전조등 불빛 속
지그재그로
날아다니다

빛을 반기려는 찰나

쿵!
말랑말랑한 몸통에
시속 백 킬로미터의 충격

유선형 차창
하얀 생채기
칼금 같은

우주 새*

후박나무
단풍나무
은행나무
벚나무

뿌리 실뿌리로
이 땅을 움켜쥔 채

검은등뻐꾸기 울음소리에 힘입어
잎맥을 돋우어
잎을 팔랑거린다

삐라처럼
허공에 날리는 푸른 이파리

힘에 겨워
이제 그만,
내려놓고 싶은 지구

* Constantin Brancusi(1876-1957)의 조각작품 〈Bird in Space〉(1919)

우주정거장

가누어야 한다
마음보다 먼저 뜨는 몸을

틈이 없어야 한다
진공이 스며들지 않게

착각하지 말아야 한다
위아래가 따로 있다고

명심해야 한다
미는 것이 밀려나는 것임을

아껴 마셔야 한다
내일 걸러 마실 산소를 위해

속도를 잃지 말아야 한다
지금의 높이를 유지하기 위해

네온사인

거리의 사람들
걸어가고
뛰어가고
머뭇거리는 모습으로
멈춰서 있다
깨어진 균형들
동작이 노출 시간보다 빨라
테두리가 흐릿하다
간헐적으로
빌딩이 휘청거려
유리창 파편이 반짝이며 떨어지고
가로등 불빛은
일정한 거리를 담당해
밤하늘을 파먹는다
인류는 광활한 우주에서
한 방울의 물을 찾으려 애쓰고
난, 가슴 속에서
타다 남은 운석 조각을 줍는다
새로운 그림을 몇 장 더
품고 있는 것일까

변신 로봇

눈은 깜박이
이마는 범퍼
손끝은 핸들
발은 바퀴
머리는 내비게이션
심장은 엔진
생각은 숫자
얼굴은 모니터
입은 주유구
가슴은 키보드
뇌는 하드디스크
눈은 초록
식도는 엘리베이터
다리는 바퀴

인공지능

월요일 아침 출근길

평소와 달리

아파트 출구부터 차가 밀린다

안절부절못한다

큰길에 나가서도 막히기는 매한가지다

때맞춰

PC를 켜지 못하는 게 불안하다

그날 저녁

중앙 뉴스 뒤 지역 뉴스

신호체계가 고장 났단다

일요일 주기에 따라

월요일에도 움직였단다

정확하게

아귀

"어서 오세요!
반갑습니다"

슬쩍 감아올리는 말끝
미니스커트
굽혔다 펴는 하얀 무릎
빨간 립스틱
뱅글뱅글 돌아가는 하얀 장갑
눈깔사탕 까만 마이크
자동차를 널름널름 집어삼킨다

대형 백화점
지하주차장 입구

소화기

있던 그대로 버려지길
타고난 재능
한번 써보지 않고

유효기간 넘겨
처음 모습
그대로
폐기처분되길

손닿는 곳에 있지만
있는지도 모르길
날 찾지 않길

푸른 2호선

타는 만큼 내리기를
눌려도 구겨지지 않기를
밀려도 밟히지 않기를
한번 뱉은 입김
되 마시지 않기를
달라붙어도
불붙인 나일론처럼 녹아 뭉치지 않기를
콘크리트 터널 속에서
철근과 함께 양생되지 않기를
내릴 곳
지나치지 않기를
화물이 되지 않기를
시작과 끝이 없는 곳에서

초보운전

서너 걸음
시선을 앞에 두고
아랫배에 힘을 주고
발걸음을 빨리한다
교대역
3호선 내려
2호선 갈아탄다
계단 우회전
복도 우회전
다시 계단 우회전
어깨 부딪히지 않고
미끄러움과 마찰력을 섞어가며
제법
일자 걸음을 걷지만
마주 오는 눈길
무심히 바라보기가
표정 없는 모습
하얀 얼굴에 올려놓기가
녹록지 않다

다른 속도 속에서

지하철이나
자동차 속에서

말이 없어지고
생각이 는다
눈빛이 빨라진다

몸속 전자가
장날을 맞은 것만 같다

라디오 생방송이
날아오는 전자 메시지가

과속을 막아주고
떠오르는 나를 잡아준다
애드벌룬 줄처럼

박테리아

나는
그라인더에 갈린 쇠의 불똥이다

여기는
내 뼛가루가 흩어질 곳이다

지금 지구는 꽃 축제 중이다
아니, 유채꽃을 갈아엎는 중이다

여기는
하루살이의 복합터미널이다

나의 부패를 도와다오

나는 나를 모르는 나로
아니 나를 모르지 않는 나로
다시 태어나고 싶다

안개상자 속에서
미립자들이 춤을 춘다

>

내 꿈이 네 꿈과 같기를 빈다

전자電子에게

스마트 폰 2

전량電量이 얼마 남지 않았다
보내는 것보다
읽은 것에
거는 것보다
받는 것에 신경을 쓰게 된다
문득, 지금
하고 있는 이 일이
남은 시간을 쓸 만한 일인지
내심 묻게 된다
조심하게 된다
그나마 남은 게
쉬 방전되지 않도록
그 사이
무슨 좋은 소식이
번개처럼 날아들 것만 같아서

자유전자

호흡을 가다듬고
총성과 함께
힘차게 달려나가라

강철로
유리로
세포 속으로

가서
죽어서 사는 법을 배워라

붉은 피
하얀 피
흘리며

시인의 언어, 화가의 눈

이기성 시인

시인의 언어, 화가의 눈

이기성 시인

1. 현대성의 허구와 기계의 몸

진보의 이념을 내세우며 폭주하던 인간들은 팬데믹의 공포에 잠식된 오늘의 현실을 어떻게 기억하게 될까? 자연을 착취하며 세계에 군림하던 인간들은 자신의 맹목이 초래한 대재난의 상황에서 어떤 가능성도 꿈꿀 수 없는 지경에 놓이게 되었다. 일찍이 보들레르는 「현대생활의 화가」에서 현대의 우울과 병폐를 탐색하고 성찰하는 화가의 시선에 주목한 바 있다. 여기서 모더니티의 성찰자로서 화가의 시선은 회복기 환자의 그것에 비유된다. 죽음의 시간을 통과해 온 환자가 일상의 세계를 새로운 눈으로 응시하듯 화가는 낯선 시선으로 현실의 이면에 담긴 의미를 탐색한다는 것이다. 현실을 바라보는 화가의 시선은 언어를 통해 세계의 이면을 들여다보는 시인의 시선과 다르지 않다고 하겠다. 화가와 시인은 모두 현실을 탐색하고 증언하는 한편 그 속에서 새로운 의미를 성찰하는 모험적 시선을 담지한 존재들인 까닭이다.

시인이자 화가로 활동 중인 김순선의 시에서 우리는 이러한 화가-시인의 시선을 발견할 수 있다. 현대 문명의 병폐를 응시하는 김순선은 불모의 현실을 살아가는 인간의 존재 양식에 대한 성찰의 시선을 보여준다. 이러한 시적 의식은 인간과 세계의 소통과 공존의 모색이라는 이 시대의 근본적인 문제의식에 닿아 있다.

> 월요일 아침 출근길
> 평소와 달리
> 아파트 출구부터 차가 밀린다
> 안절부절못한다
> 큰길에 나가서도 막히기는 매한가지다
> 때맞춰
> PC를 켜지 못하는 게 불안하다
> 그날 저녁
> 중앙 뉴스 뒤 지역 뉴스
> 신호체계가 고장 났단다
> 일요일 주기에 따라
> 월요일에도 움직였단다
> 정확하게
> ─ 「인공지능」 전문

김순선은 「인공지능」에서 기술문명에 포획된 현대인의 삶이 얼마나 불안정한 것인가를 잘 보여주고 있다. 시스템의 동력인

'정확성'을 삶의 기율로 내면화한 인간은 생동감을 잃고 프로그램에 따라 작동하는 기계로 변해버린다. 정확하게 움직이던 신호체계가 오작동하는 순간, 인간은 자신의 존재 기반을 잃고 '안절부절못하는' 혼돈의 상황에 빠지게 된다.

현대의 인간은 우연성을 용납하지 않는 기계적 세계에 지배당하고 있다. '인공지능'에 지배당하는 인간은 주체적으로 사유하고 판단할 수 있는 능력을 상실한다. 아무런 의심 없이 시스템의 일부로 작동하며, 시스템에서 배제되는 순간에만 불안을 느낀다. 현대인의 불안은 존재의 근원과 마주하는 데서 비롯되는 실존적 감각이 아니라, 시스템의 오작동이 발생시키는 기계적 감정에 가깝다. 이렇게 시스템이 인간의 감정까지 지배하는 상황은 거대한 인공지능에 접속된 부품으로 전락한 인간의 비극적 현실을 드러내 준다. 현실의 명령을 기계적으로 수행하는 '정확성'이야말로 이 시대의 최고의 미감이자 감수성이다. 급기야 인간의 신체마저 이 기계의 시선에 포획된 사물이 된다.

현미경으로 들여다봐도

초음파를 쏘고

X선으로 찍고

심전도를 측정해도

몸속 어디에

무얼 꼬불쳤는지

그걸 꺼내

어디다 쓸지

피를 뽑고
혈압을 재고
목구멍을 벌리고
내시경으로 들여다봐도

꿍꿍이속이 무언지
메뚜기가 어디로 뛸지
모른다
— 「건강검진」 전문

　이 시에서 기술의 지배에 맹목적으로 자신의 모든 것을 내맡
기는 우리의 현실이 적나라하게 드러난다. '현미경, 초음파, X
선'으로 상징되는 과학기술이 인간의 몸을 파헤치는 상황은 낯
선 장면이 아니다. 생명을 보전하기 위해서 자신의 신체를 기계
에 내맡기는 것이 현대인의 삶이 아닌가. 이때 내시경의 눈이 포
착하는 인간은 외부와 내면 사이의 모순이 제거된 '투명한' 존재
가 된다. 이것은 기계적 검열 시스템에 의해 내면을 제거당한 채
외형만 남은 존재를 떠올리게 한다.
　그런데 시인은 전능한 기계의 시선(내시경)으로 신체를 샅샅
이 들여다봐도 인간의 내면 즉 '정신'을 찾아내지 못하고 있다고
한다. 현대 의학은 육체의 병을 발견하고 치유할 수는 있지만 인
간의 내면에 가닿지 못하는 것이다. 그렇다면 기술문명에 포획

된 인간의 내부에 자리한 것은 무엇인가. 시인은 그것을 '꿍꿍이속'이라고 말한다. 외적 태도와 내면의 간극을 보여주는 '꿍꿍이속'이라는 시어는 인간에 대한 불신과 부정을 내포한 시어로 읽힌다. 하지만 '어디로 튈지 모르는'에서 보듯, 합리성-이성의 언어로 포착되지 않는 이 불안정함이야말로 역설적으로 가장 인간적인 속성이라 하겠다. 이렇게 김순선은 이 '내시경'의 눈으로 포획 불가능한 '꿍꿍이속'이라는 잉여의 지대를 소환함으로써 기계-시스템으로부터 탈주의 가능성을 탐색한다.

쏜다
가로수나 벽 모서리 뒤에 숨어
지나가는 차를 향해
반짝이는 간판을 향해
비행기를 향해
집게손가락을 슬쩍 들어 올려
반동의 충격을 흘린다
가는 속도를 계산해
목표물 앞으로 쏘고는
턱을 든 채
오른손을 호주머니에 찔러넣는다
죽는 게 하나 없지만
적어도 죽이고자 하는 마음은
죽이지 않았나
그리 생각하며

왼손으로 앞머리를 쓰다듬는다

—「손가락총」 전문

이 시의 화자는 '차, 간판, 비행기'로 상징되는 세계를 향해 총을 겨눈다. 이것은 자신을 둘러싼 세계에 대항하는 부정의 행위로 보인다. 이러한 저항은 '죽는 게 하나도 없는'에서 보듯 실패로 귀결된다. 시스템이 완전히 붕괴되지 않는 한 개인의 반항은 필연적으로 실패할 수밖에 없는 것이다. 화자의 반항은 '적어도 죽이고자 하는 마음은 죽이지 않았나'라고 말하며 '머리를 쓰다듬는' 것으로 마무리된다. 이러한 행위는 시스템에 저항하지 못하는 자의 자기 위안인지 혹은 자기 부정을 통한 탈주 의지의 발현인지는 다소 모호하게 읽힌다.

하지만 중요한 것은 시의 화자가 스스로를 현실에 연루된 존재로 인식하고 있다는 점이다. 자신을 겨냥하는 총구는 현실의 병폐를 깊게 응시하는 시인의 눈과 겹쳐진다. 그것은 세계에 대한 성찰과 반성의 시선이며 동시에 우리의 내면에 자리한 어둠을 응시하는 시선이다.

2. 자본의 현실과 괴물의 탄생

진보의 이념으로 합리화되었던 현대성의 폭주는 인간의 생존에 대한 위협으로 되돌아왔다. 하지만 죽음의 공포와 불안이 만연한 오늘의 현실은 기술문명에 올라타 맹목적으로 질주해온 인간의 무능함과 왜소함을 폭로하고 있다. 김순선은 이러한 현실의 허구성을 성찰하는 한편 거대한 시스템의 내부자로 살아가는 인간의 모순적 현실에 주목한다.

> 덜컹!
> 브레이크를 급히 밟는다
> 차가 미끄러진다
> 타이어 타는 냄새가 물씬 난다
> 이크, 이런 이를 어쩌나?
> 재빨리 머리를 굴린다
> 멈춰, 말아
> 에라! 죽은 자는 죽은 자더러
> 손바닥으로 입을 가리고 액셀을 밟는다
> 희미한 가로등 불빛
> 우회전을 하자마자
> 속도를 정상으로 죽이고
> 미등을 다시 켠다
> 아스팔트에 고인 빗물을 골라 밟아
> 타이어를 씻는다
> 그렇게 또 하나의 나를 덜어낸다
> ―「뺑소니」 전문

시 「뺑소니」에서는 교통사고 현장에서 도피하는 상황을 그리고 있다. 화자는 자신의 범죄에 대해서 책임을 지는 대신 현장을 벗어나기에 급급하다. '멈춰, 말아'의 갈등 상황은 '손바닥으로 입을 가리는' 행위를 통해서 은폐된다. 범죄 현장에서 빠져나와 '타이어를 씻는' 것은 부담스러운 자신의 존재를 '덜어내는' 행위이다. 화자는 이러한 교묘한 술책을 통해서 자신의 행위를 합리화하고 스스로에게 면죄부를 부여한다. 이러한 현실은 이성과 지략으로 자연을 정복했으나 결국 합리성의 노예가 되어버린 현대의 인간들의 존재방식을 잘 보여준다. 문명의 이름으로 자연을 파괴하고 착취해온 인간은 그로 인해 발생하는 모든 문제를 회피하고 방기하여 더 큰 재난을 초래한다. 그런 점에서 현대의 인간은 자연을 억압하고 지배함으로써 역설적으로 내면의 자연을 상실하게 된 오디세이와 다르지 않다. 부담스럽고 무거운 '나'를 덜어버린 채 우리는 현대성의 가속 페달을 밟으며 어디로 달려가고 있는가.

비눗물이 수챗구멍으로 빨려든다

오른쪽으로 돌며

중심으로 갈수록

소용돌이가 점차 빨라진다

시선이, 머리가

몸뚱어리가 빨려든다

마침내

나를 통째로 마시곤 트림을 한다

구멍 안쪽

뼈에 바를 살을 먼저 얻기 위해

앞서 빨려든 이들과

어깨싸움하며

수렁에 걸려들 누군가를 숨죽여 기다린다

어둠 속 번뜩이는 눈동자

인기척이 없을 때

무지개가 일그러지는 비눗방울이 되어

구멍 밖으로

몸을 쓱 부풀린다

더덕더덕 살가죽을 기워 입은 몸

실로 꿰맨 자리가 근지럽다

이번엔 당신 차례다

— 「프랑켄슈타인」 전문

　시인은 현실의 시스템이 인간을 빨아들이고 해체한 뒤 괴물적 존재를 만들어내고 있음에 주목한다. 여기서 인간을 빨아들이는 '수챗구멍'은 우리의 삶을 피폐하게 만들고 죽음에 이르게 하는 현대성을 상징한다. 우리는 이 작은 구멍 안에서 생존하기 위해서 먼저 빨려든 이들과 치열한 경쟁을 벌이며, 이 죽음의 공간에 걸려들 누군가를 기다리는 시스템의 공모자가 된다. 여기서 인간이 자신을 보존하기 위해서 타인과 경쟁을 벌이는 곳이 비좁은 '수챗구멍'이라는 점에 주목해야 한다. 생존을 위해 안간힘을 쓰지만 누구도 이 죽음의 검은 구멍에서 벗어나지 못하는 것이다. '무지개'로 상징되는 아름다운 환상은 비눗방울처럼 공허하게 부풀어 오르다 터져버린다.

더욱 비극적인 것은 치열한 경쟁을 통해서 얻어내려는 것이 '뼈에 바를 살'이라는 점이다. 치열한 경쟁을 뚫고 생존에 성공해서 '구멍' 밖으로 빠져나오는 것은 '더덕더덕 살가죽을 기워 입은 몸'이다. 필사의 경쟁을 통해서 얻고자 하는 것이 언젠가 부패하고 스러진 '살'에 불과하다는 아이러니. 그것을 알지 못한 채 서로를 물고 뜯는 처참한 현실에서 파편화된 괴물의 몸이 출현한다. '살가죽을 기워입은' 이 그로테스크한 신체는 개별성과 고유성을 상실한 인간의 모습을 상징적으로 보여준다.

이렇게 김순선은 내면을 상실하고 물질(살)만을 유일한 목표로 삼고 있는 허구적 현실을 폭로하고 있다. 살가죽을 기워서 만든 신체는 파편화되고 해체된 인간을 상징하는 것으로 보인다. 시인은 이러한 신체의 이미지를 통해서 이렇게 묻고 있는 듯하다. 이 끔찍한 형상이야말로 이 시대를 살아가는 우리의 자화상 아닌가. 우리는 스스로 죽은 자임을 깨닫지 못하고 파편화된 신체에 의지한 채 오늘도 시스템의 내부를 작동시키는 데 공모하고 있지 않은가. 경쟁과 속도라는 현대성의 기율을 맹목적으로 추종하는 언데드undead의 열정이 오늘 우리가 겪는 팬데믹의 동인이자 결과가 아닌가.

3. 맹목의 시선과 죽음의 언어

김순선의 시선은 현대적 세계의 이면에 자리한 어둠을 꿰뚫어 보는 한편 그 속에서 살아가는 인간들의 균열된 삶을 포착한다.

시「건강검진」은 인간의 몸이 기술문명에 의해 파헤쳐지는 상황을 보여주는 한편 우리의 일상을 지배하는 건강담론의 문제를 냉정하게 폭로한다. 각종 매체를 통해 전파되고 있는 건강담론은 죽음에 대한 공포를 상업화하는 자본의 전략이기도 하다. 그것은 육체의 생명을 보존하려는 인간의 욕망과 결합하여, 질병과 죽음이 소거된 삶, 즉, 영생에 대한 판타지를 구성한다. 영생을 꿈꾸는 인간의 욕망은 스스로를 자본에 포획된 노예 상태로 전락하게 만든다.

> 슬쩍 감아올리는 말끝
> 미니스커트
> 굽혔다 펴는 하얀 무릎
> 빨간 립스틱
> 뱅글뱅글 돌아가는 하얀 장갑
> 눈깔사탕 까만 마이크
> 자동차를 널름널름 집어삼킨다
>
> 대형 백화점
> 지하주차장 입구
> ─「아귀」부분

이 시에서 '대형 백화점'은 자본주의적 욕망의 집합소이다. 유혹적인 '미니스커트' '빨간 립스틱'으로 치장한 여자는 입구에 들어선 자동차를 위해서 '굽혔다 펴는' '뱅글뱅글'의 동작을 반복한다. 이것은 사람들을 소비의 공간으로 빨아들이라는 자본의 명령에 따른 기계적인 행위이다. 백화점의 입구는 자동차를 '날름날름 집어삼키는' 거대한 입처럼 보인다. '눈깔사탕'의 달콤한 유혹에 빠져 소비의 공간으로 질주하는 사람들은 안내원과 마찬가지로 자본의 목구멍 속으로 삼켜지는 희생자이다.

　이렇게 김순선은 자동인형으로 변형된 인간의 신체를 통해 자본의 논리에 포획된 삶의 허구성을 비판한다. 거대한 '아귀'의 입 앞에서 반짝이는 유혹의 물신으로 변해버린 인간과 그 곁을 무감하게 스쳐 가는 사람들은 모두 자본의 세계에 포획되어 영원히 죽지 못하는 언데드이다.

　　　가슴팍에

　　　등에

　　　엉덩이에

　　　어깨에 많기도 많다

　　　표정도 다양하다

　　　죽음을

　　　반짝이로

　　　노리개로 붙이고

　　　거리를 활보하는 젊음이

　　　못내 부럽지만

　　　눈 맑은 저들이 들을지 모르겠다

　　　뻥 뚫린 눈으로

　　　이빨을 부딪혀가며

턱턱턱 찍어내는 말을

ㄴㅏㄷㅗㅎㅏㄴㄸㅐ
ㄴㅓㅇㅕㅆㅇㅓㅆㄱㅗ
ㄴㅓㄸㅗㅎㅏㄴ
ㅈㅣㄱㅡㅁㅇㅡㅣㄴㅐㄱㅏ
ㄷㅗㅣㄹㄱㅓㅅㅇㅣㄷㅏ

— 「해골」 전문

이 시에는 해골 문양의 패션으로 거리를 누비는 젊은이들이 등장한다. '죽음을 반짝이로/ 노리개로 붙이고/ 거리를 활보하는' 이들은 정작 자신의 내부에 자리한 죽음을 알지 못한다. 죽음은 살아 있는 육체를 장식하는 물신으로 치환되며, 인간은 이러한 가짜−죽음에 의탁하여 죽음을 망각한다. '눈 맑은'이라는 수식어에서 보여주듯 그들의 눈은 세상의 모든 것을 투시하고 휘황한 빛들을 흡수한다. 그러나 이성의 빛으로 세계를 지배하고 군림해온 인간의 시선은 밝음의 내부에 자리한 어둠을 보지 못하는 맹목盲目의 시선이다.

시인은 이러한 삶/ 세계의 이면에 내장된 죽음의 목소리를 우리에게 들려준다. 그것은 패션이 된 가짜−죽음이 아니라 '이빨을 부딪치며 찍어내는 소리'이다. 이러한 죽음의 언어는 '눈 맑은'과 대비되는 '뻥 뚫린 눈'의 이미지로 환기된다. 눈의 부재를 의미하는 이 텅 빈 공간이 바로 죽음의 거처이다. 이 그로테스크한 이미지를 통해서, 시인은 가짜 죽음으로 죽음의 본질을 은폐하고 허구적 삶을 영속하는 사람들이 사실은 이미 죽은 자들이라는 점을 환기한다. 박제된 죽음을 장식으로 매단 사람들이 정작 자신의 죽음을 자각하지 못하는 아이러니. 벤야민은 '죽음이 제거된 지속은 끝이 없는 어떤 두루마리 그림의 조악한 무한성과 같다'(「보들레르의 몇 가지 모티브에 관해서」)라고 말한다. 삶으로부터 죽음을 제거한 채 조악한 무한성만을 향유하는 현대인의 모습은 앞에서 살펴본 자동인형의 모습과 다르지 않다.

이 시에서 죽음을 은폐하는 번쩍이는 해골의 이미지는 데미언 허스트의 작품을 떠올리게 한다. 많은 논란에도 불구하고 허스트는 현대에 죽음이 얼마나 몰가치하고 희화되고 있으며 상품화되고 있는지를 보여준다. 다이아몬드로 치장한 해골은 번쩍이는 빛 속에 죽음을 가둠으로써 역설적으로 죽음을 상실한 상황을 드러내는 것이다. 이것은 김순선의 시에서 해골을 패션화하고 물신화한 사람들의 모습과 다르지 않다. 그런데 허스트의 '해골'이 자본주의의 맥락 속에 놓임으로써 다시 한번 죽음을 상품화하는 데 반해, 김순선의 시는 존재의 깊은 곳에서 울리는 죽음의 목소리를 전면화한다는 점에서 차별화된다.

시에서 타자기의 자판을 두드리는 소리를 의성화한 것으로 보이는 '턱턱턱'은 다가오는 죽음의 발자국처럼 들린다. 그것은 망각으로부터 귀환한 죽음의 말이며 역설적으로 살아 있는 말이다. 죽음으로 가득한 현대에 오직 죽음만이 생생하게 살아서 자신의 존재를 증언하고 있는 것이다. 김순선은 세계의 깊은 곳에서 울려 나오는 이 죽음의 언어에 귀를 기울여야 한다고 말하고 있다.

4. 대지의 옷, 공생의 노래

　김순선은 화가-시인의 시선을 통해 죽음으로 가득한 현대성의 내부를 관통하여 깊숙한 지점으로 나아간다. 그것은 망각으로부터 죽음을 불러내고 죽음 속에 내장된 생명을 발견하는 눈이다. 앞에서 살펴보았듯이 현대성은 죽음을 장식화하고 죽음의 목소리를 박탈함으로써 죽음을 추방한다. 그러나 자연에서 죽음은 종말이나 소멸이 아니라 새로운 생명의 탄생과 연결된다. 대지는 무수한 죽음을 품고 죽음 속에서 새로운 생명을 탄생시키는 모태이다. '대지의 옷'이라 불리는 지의류는 '문명에 의해 오염되고 파괴된 자연이 스스로를 보존하고 있음을 보여주는 생명의 징표'이다. 불모의 현실을 넘어설 가능성을 탐색하던 김순선의 시선이 지의류에 가 닿은 것은 필연적이라고 하겠다.

　　　돌가루 먼지로 흩어지면
　　　이 지구를 넉넉히 품고도 남을 공간을 움켜쥐고
　　　햇살과 그늘이 번갈아드는 모서리
　　　돌 속을 파고드는 지의류의 실뿌리를 간질이며
　　　거친 살갗으로 하루 한 번
　　　새순보다 가는 숨을 쉰다
　　　화강암의 식민지가 된 나는
　　　바람에 견딜 무게를 하사받은 나는
　　　오돌토돌한 손바닥을 문지르며
　　　석이버섯을 햇살 속에 꺼내보곤

유선형의 차에 올라 시동을 건다

　　　　　　　　　　　　　—「화강암 속 숲」부분

　가볍고 미세한 지의류의 포자는 '유선형 차에 올라 시동'을 걸고 살아가는 현대의 속도전이 간과하고 파괴한 생명의 다른 이름이라 할 수 있다. 기계적 삶이 지배하는 세계의 '모서리'에 뿌리를 내리며 돌 속을 파고드는 지의류는 근원적 생명을 담지한 존재들이다. 시에서 자연은 인간의 폭력에도 굴하지 않고 자신의 존재를 지켜가며, 황폐한 인간의 내면에 온기를 '하사'하고 있다. '하사'라는 단어를 통해서 시인은 세계와 공존하기 위해 인간이 겸허해져야 한다고 말하고 있다. 그것이 자연을 지배하고 세계 위에 군림해 온 인간의 오만함이 초래한 비극을 치유하는 길이라는 것이다.

　이렇게 김순선은 지의류를 통해서 생명의 온기를 발견하고 이것을 내면으로 옮겨 놓는다. 그것은 대지의 파동을 감지하는 예민한 감각을 통해 가능한 작업이다. 그의 시 「중력 1」에서 보듯 시인은 모든 사물의 움직임을 미세하게 관찰하고 감응한다. '빛이 휘어지고' '공기가 춤을 추고'에서 보이듯 세계는 보이지 않은 움직임으로 가득 차 있다. '날아가고, 지나가고, 번지는' 사물의 율동은 죽은 해골의 딱딱한 웃음과 대비되는 생명의 언어이다. 사물의 파동은 시 「쿼크」처럼 "어디선가 파동쳐 온 입자가/ 내 안에서/서서히 증폭되고 있습니다"에서와 같이 나의 감각을 증폭시키고 확장한다. 이러한 감응의 순간에 자연과 인간의 소통이 비로소 가능해진다.

주파수 폭 넓혀 놓으면

그동안 놓친

이슬 같은 목소리

거미줄에 걸려 물방울로 듣는다

—「전파 1」부분

　이 시에서 감각의 레이더에 포착된 소리는 '물방울'의 시각적 이미지로 치환된다. 그리고 거미줄에 걸려서 빛나는 물방울의 미세한 움직임은 '이슬 같은 목소리'에서 볼 수 있듯 청각을 통해서 환기된다. 목소리(청각)-물방울(시각)-듣는다(청각)가 서로 넘나들면서 자동인형처럼 굳어진 인간의 신체를 일깨운다. 이렇게 시인은 온몸을 모두 열어 놓고 자연의 미세한 움직임을 감각하고 있다. 시인의 감각에 포착된 것은 죽음의 현실 너머에서 들려오는 생명의 소리이다. 이러한 생명의 호흡은 기계적 시스템에 갇힌 나의 감각을 일깨우는 한편 나를 둘러싼 타자 '너'를 함께 소환한다.

너는 있다

내가 없는 곳에 있다

나와 다른 방식으로 나를 벗어나 있다

나 없이 있다

나는 네가 없는 시간에

너와 함께 했던 공간에 있다

(중략)

나는 지금

　　네가 없는 곳에

　　너와 함께 있다.

　　―「나무 사이로」 부분

　이 시에서 시인은 너(타자)의 부재가 관계의 단절이 아니라, 더 내밀한 관계를 이룬다는 인식을 보여준다. '네가 없는 곳'에서 너와 함께 있는 '공존'이 가능해지는 것은 세계의 안과 밖, 실재와 부재를 동시에 바라보는 눈에서 비롯된다. 그것은 시 「해골」에서처럼 번쩍이는 빛으로 뒤덮어 죽음(부재)을 은폐하는 것이 아니라, 부재를 긍정하고 거기서 새로운 가능성을 발견하는 시선이다. 지의류의 포자처럼 세계의 딱딱한 지층을 해체하는 역동적인 생명의 움직임이 그것이다.

　이렇게 김순선의 시는 죽음과 부재를 배제하고 소거하는 대신 그 부재를 긍정하고 배려하는 시선을 담고 있다. 이러한 시인―김순선의 시선은 죽은 해골의 공허한 눈이 아니라 자연의 생명을 바라보는 화가―김순선의 눈이기도 하다. 그의 시에서 우리는 대지의 옷을 화폭으로 옮겨 놓는 화가이자 대지의 소리를 언어로 포착하는 시인의 목소리를 듣는다.

　"나는 지의류를 그릴 때, 지의류가 바람을 통해 포자로 이동하고, 떨어진 자리에서 나는 생태를 염두에 둔다. 이는 내게 있어 물감을 떨어뜨리고, 겹쳐 떨어뜨리고, 높낮이를 달리하여 떨어뜨리고, 던지고, 흩뿌리고, 물감의 농도를 달리하고, 톡톡 치고, 자유낙하로 떨어뜨리는 등등의 행위와 같다. 내게 있어 물감 방울은 바위나 나무껍질에 안착하는 지의류 포자와 다름없는 것이다."

　김순선에게 지의류의 목소리를 듣는 일은 세계의 깊은 곳에 자리한 대지의 언어이자 존재의 함성을 재현하는 일이 된다. 지의류의 포자가 대지에 안착하듯 그의 물방울은 화폭에 떨어져 번지고 스미고 확장하면서 세계의 말–언어를 드러낸다. 이러한 화가로서의 작업은 곧 시인의 시쓰기 작업과 동일한 것이기도 하다. 김순선의 시는 미래가 보이지 않는 엄혹한 재난의 시대에 새로운 가능성의 언어로 우리 앞에 도착하였다. 그가 들려주는 생명과 우주의 언어에 귀를 기울여 볼 일이다.

김순선 시집

토르소

발　　행 2022년 2월 5일
지 은 이 김순선
펴 낸 이 반송림
편집디자인 김지호
펴 낸 곳 도서출판 지혜 · 계간시전문지 애지
기획위원 반경환 이형권
주　　소 34624 대전광역시 동구 태전로 57, 2층 도서출판 지혜 (삼성동)
전　　화 042-625-1140
팩　　스 042-627-1140
전자우편 ejisarang@hanmail.net
애지카페 cafe.daum.net/ejiliterature

ISBN : 979-11-5728-463-4 03810
값 11,000원